KB198486

내가 할배냐

내가 할배냥

황민정 글 | 하민석 그림

주니어김영사

차례

어느 날 갑자기

엄마가 운전하면서 건우를 힐끔 바라봤어요.

“건우야, 할아버지 만나면 무슨 얘기 할 거야?”

“몰라.”

건우는 시큰둥하게 대답하고 창밖을 내다봤어요. 너른 논에 벼가 누렇게 익어 가고 있었어요. 길가에 드문드문 걸린 현수막이 바람에 온몸을 흔들었어요. 건우는 현수막에 적힌 문구를 찬찬히 읽었어요.

"고향에 오신 것을 환영합니다.
즐거운 한가위 보내세요."

뒷좌석에 앉은 할머니가 창문을 반쯤 내렸어요. 차 안 공기가 금세 맑아졌어요.

"날씨 참 좋다."

할머니가 말했어요. 빨강, 노랑, 주황, 분홍, 보라, 하양, 색색의 꽃을 파는 가게들이 하나둘씩 눈에 들어왔어요. 할아버지가 계신 추모 공원까지 얼마 남지 않았다는 뜻이에요.

할아버지가 돌아가신 것은 작년 이맘때였어요. 어른들은 할아버지가 너무 일찍 돌아가셨다고 안타까워했어요. 평소에 운동을 그렇게 열심히 했는데 웬 날벼락이냐고도 했고요. 건우도 꽤 오랫동안 할아버지가 돌아가셨다는 사실을 믿을 수 없었어요. 하준이네 고모처럼 다른 나라에 살러 갔거나, 서연이네 삼촌처럼 긴 여행을 떠난 거라면 얼마나 좋을까 싶었지요. 일 년이 다 되어 가는 지금도 건우의 마음은 그랬어요.

건우네 집은 할아버지 집이랑 가까웠어요. 일하는 엄마, 아빠를 대신해서 두 분이 건우를 많이 보살펴 주었지요. 할아버지 집은 마당이 딸린 주택이라서 건우가 마음껏 뛰어놀기 좋았어요. 금요일에 학교가 끝나면 할아버지 집에 가서 일요일 밤까지 있었어요. 생일에는 친구들을 우르르 몰고 가 마당에서 신나게 파티를 했어요. 그러다 보니 건우는 할아버지와 보내는 시간이 많았어요. 친구 모임으로 늘 바쁜 할머니와 달리 할아버지는 건우를 위해서 많은 시간을 썼어요.

할아버지가 돌아가신 뒤, 할머니는 넓은 집에 혼자 살게 되었어요. 엄마가 할머니한테 다 정리하고 아파트로 이사를 하는 게 어떠냐고 했어요. 그럼 할아버지 생각도 덜 나고 덜 외롭지 않겠냐고요. 할머니는 싫다고 했어요.

"너희 아빠랑 이 집에서 산 세월이 얼만데……. 난 괜찮으니까 걱정 마."

하지만 할머니는 괜찮지 않았어요.

엄마가 할머니한테 전화를 걸면 안 받을 때가 많았어요. 걱정이 돼서 집에 가 보면 불 꺼진 방에 할머니가 꼭 죽은 사람처럼 누워 있었대요. 밥을 먹다가 갑자기 한숨을 내쉬기도 하고, 멍한 표정을 짓기도 하고요. 엄마는 결국 이사를 결심했어요.

"지금 할머니 옆에는 우리가 있어야 할 것 같거든. 건우 생각은 어때?"

엄마가 물었을 때, 건우가 바로 대답했어요.

“나도 좋아. 우리 옆에도 할머니가 있어야 해.”

엄마는 고맙다며 건우를 꼭 안아 주었어요.

건우네 학교에서는 한가위 무렵에 체육 대회를 해요. 동네도 작고 학교도 작아서, 체육 대회가 꼭 동네잔치 같아요. 마을 사람들이 참여하는 경기도 많고요. 특히 가족이 참가하는 ‘손잡고 달리기’는 인기가 많아요. 할아버지는 건우가 초등학교에 입

학하기 전부터 손잡고 달리기는 할아버지랑 나가야 한다고 했어요. 그때마다 엄마는 말렸어요.

"아빠가 나간다고? 에이, 아빠보다는 내가 낫죠."

그럼 할아버지는 엄마한테 버럭 화를 냈어요.

"너 지금 나 무시하냐? 왕년에 전국 체육 대회에서 메달도 땄어. 보여 줄까?"

할머니가 손자 망신시킬 일 있냐고, 참으라고 했지만 소용없었어요.

할아버지가 돌아가신 그날은 건우랑 마트에 다녀온 날이었어요. 체육 대회를 앞두고 운동화도 사고, 건우가 좋아하는 떡볶이 뷔페에 가서 점심도 먹었어요. 집으로 돌아가는 차 안에서 할아버지가 말했어요.

"건우야, 달리기에서 가장 중요한 게 뭘까?"

"음, 안 넘어지기!"

할아버지가 허허 웃었어요.

"그렇지. 우리 손자 다치면 안 되지. 그런데 더 중요한 건 넘어지더라도 다시 일어나서 끝까지 달리는 거야. 알았지?"

건우가 대답했어요.

"응. 근데 나는 절대로 안 넘어질 거야."

그날 그 대화는 건우가 할아버지랑 나눈 마지막 대화였어요.

할아버지는 건우를 집에 내려 주고 가다가 사고를 당했다고 했어요. 어른들은 무슨 사고인지, 얼마나 큰 사고인지 건우한테 말해 주지 않았어요. 건우는 다음 날이 되어서야 아빠와 함께 할아버지를 보러 갔어요. 할아버지는 꽃으로 장식된 액자 속에서 말없이 웃고 있었어요.

추모 공원에는 한가위를 맞아 성묘하러 온 사람

이 많았어요. 할아버지 묘 앞에 도착했을 때, 엄마가 밝은 목소리로 인사했어요.

"아빠, 우리 왔어요. 잘 있었지?"

꼭 살아 있는 할아버지한테 하는 것 같았어요.

"안녕하세요."

건우도 엄마를 따라 꾸벅 인사했어요.

엄마랑 할머니가 돗자리를 펴고 음식을 차리는 동안 건우는 주변을 돌아다녔어요. 작은 돌멩이를 주워 탑을 쌓기도 하고, 주변에 널린 잔가지나 나뭇잎을 치우기도 했어요. 그러다 우연히 팝콘을 쏟아 놓은 듯 하얗게 핀 토끼풀 무더기를 발견했어요.

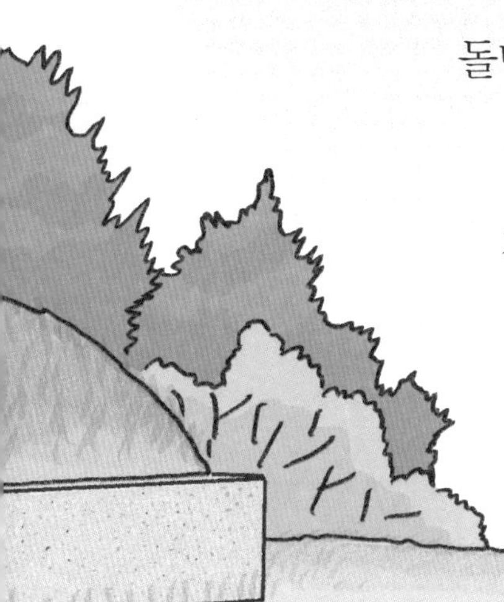

건우는 토끼풀을 한 줌 꺾어 비석 앞에 놓았어요.

"예쁘네. 할아버지가 좋아하시겠다."

엄마가 건우 어깨를 감쌌어요.

성묘를 마친 뒤, 건우는 할머니 무릎을 베고 누웠어요. 엄마는 건우가 뜯어 온 토끼풀을 엮어 팔찌를 만들었어요.

"아빠가 건우 진짜 예뻐하셨는데. 그렇지, 엄마?"

"그럼. 이다음에 건우가 결혼해서 자식 낳는 것까지 볼 거라고 맨날 큰소리 땅땅 치셨지."

할머니는 그 얘기를 하면서 건우의 엉덩이를 토닥토닥 두드렸어요. 엄마가 팔찌를 손목에 차며 혼잣말했어요.

"아빠 보고 싶다."

따스한 가을볕이 세 사람을 이불처럼 폭 덮어 주었어요.

얌전한 도둑

집에 돌아오자마자 엄마는 거실 소파에, 할머니는 안방에 누웠어요.

"으으, 허리야. 오랜만에 운전을 했더니 피곤하네."

"고생했다. 좀 쉬었다가 저녁 먹자."

건우는 방으로 들어가지 않고 마당에 있는 그네 의자에 앉았어요. 손에는 토끼풀 팔찌가 든 플라스틱 통을 들고서요. 그네 의자는 할아버지가 건우를 위해서 만들어 준 거예요. 건우는 할아버지 집에 오면 그네 의자에서 간식을 먹고, 책을 읽었어요. 할아버지와 나란히 앉아서 수다를 떨기도 했고요. 그런데 얼마 전부터 그네 의자에서 삐거덕삐거덕 소리가 났어요.

"할아버지가 있었으면 얼른 고쳐 주셨을 텐데……."

건우는 그네 의자에 앉아 건들건들 몸을 흔들었어요. 그때, 담장 아래 덤불에서 무언가 움직이는 것이 보였어요. 털이 누런 고양이가 오도카니 앉아서 건우를 바라봤어요.

"안녕!"

건우는 그네 의자에서 내려가 고양이한테 살금 살금 다가갔어요.

"야옹! 나비야, 이리 와 봐."

고양이는 도망가지도 않고 가까이 다가오지도 않았어요.

할아버지가 계실 때는 마당에 고양이가 자주 나타났어요. 할아버지가 고양이 먹으라고 물그릇에 물도 채워 놓고, 화분 위에 간식도 놔뒀거든요. 할머니가 정들면 끊기 어렵다고 그러지 말라고 잔소리하는 걸 여러 번 들었어요. 할아버지는 고양이들을 몽땅 '나비'라고 불렀어요. 한번은 건우가 궁금해서 물었어요.

"고양이를 왜 나비라고 해요?"

할아버지가 곰곰이 생각하다가 대답했어요.

"글쎄. 움직이는 게 나비처럼 가벼워서? 나비처럼 예쁘기도 하고 또 나비처럼 부드럽기도 하니까."

그때는 할아버지 대답이 엉터리라고 생각했는데, 지금 보니 맞는 것 같았어요. 나비는 가벼운 걸음으로 다가와, 예쁜 눈으로 건우를 올려다봤어요. 건우가 조심스레 나비의 등을 쓰다듬었어요.

"정말 부드럽네. 오늘 할아버지한테 갔다 왔어."

할아버지라는 말을 알아들었는지, 지금까지 조용하던 나비가 '꾸르릉' 소리를 냈어요. 그러고는 갑자기 그네 의자 쪽으로 가서 냄새를 맡았어요. 토끼풀 팔찌에 관심이 있는 것 같았어요. 나비는 팔찌에 코를 대고 킁킁 냄새를 맡았어요. 건우가 팔찌를 나비의 목에 걸어 주었어요. 원래 나비 목에 걸어 주려고 만든 것처럼 잘 맞았어요.

"잘 어울린다. 사진 찍어 줄까? 여기 잠깐만 있

어 봐. 어?”

나비는 마치 그 순간을 기다렸다는 듯, 대문 밑으로 화다닥 빠져나갔어요.

“어, 어! 야! 그거 내놔!”

건우가 대문 밖까지 쫓아갔지만 나비는 이미 온데간데없었어요.

“쳇! 얌전한 고양이인 줄 알았더니 완전 도둑고양이잖아. 엄마! 엄마!”

건우는 애꿎은 엄마를 부르며 털레털레 집 안으로 들어갔어요.

저녁을 먹으면서 건우가 팔찌 얘기를 했어요. 엄마가 시큰둥하게 말했어요.

“어차피 금방 시드는데 뭐. 신경 쓰지 말고 얼른 밥 먹어.”

할머니의 반응은 조금 달랐어요.

"원래 고양이가 요물이거든."

"요물? 그게 뭔데요?"

건우가 물었어요.

"무슨 꿍꿍이를 품고 있는지 알 수 없단 말이야."

여전히 알쏭달쏭해하는 건우한테 할머니가 말했어요.

"꼭 쓸데가 있어서 가져갔을지도 모르니까 선물로 줬다고 생각해."

"네."

팔찌 도난 사건은 그렇게 마무리되는 듯했어요.

월요일 아침, 선생님이 칠판에 안내문을 띄우고 교실을 둘러봤어요.

"다들 여기 보세요. 내일모레 한마음 체육 대회 하는 거 알죠?"

"네에!"

아이들이 입을 모아 대답했어요.

"손잡고 달리기는 가족 중 엄마, 할아버지, 고모, 삼촌, 누구랑 같이 해도 상관없어요."

그때 하준이가 손을 번쩍 들었어요.

"선생님, 그럼 저는 쌈장이랑 같이 나가도 돼요?"

"쌈장? 쌈장이 누군데?"

"우리 집 강아지요. 엄마가 강아지도 우리 가족이라고 했거든요."

하준이 말에 교실 여기저기서 아이들이 키드득거렸어요. 누구는 강아지 이름이 쌈장이 뭐냐고 했고, 또 누구는 쌈장이 나가면 자기는 고추장이랑 나가겠다고 했어요. 선생님이 빙긋 웃으며 반 아이들을 둘러보았어요.

"반려동물도 가족인 건 맞아요. 그런데 학교에 반려동물을 데려오면 돼요, 안 돼요?"

"안 돼요!"

하준이만 빼고 모두 큰 소리로 대답했어요.

"맞아요. 그러니까 체육 대회 하는 날도 반려동물은 데리고 오면 안 됩니다. 알겠죠?"

"네에."

집에 가는 길에도 아이들은 손잡고 달리기 얘기만 했어요.

"나는 아빠랑 같이 뛸 거야. 우리 아빠 달리기 엄

청 빨라."

"우리 집은 엄마가 달리기 더 잘해."

"나는 막내 이모. 작년에도 이모랑 나가서 일등 했다."

건우가 입을 다물고 있는 걸 보고 서연이가 물었어요.

"너는 누구랑 나갈 거야?"

"나? 엄마 아니면……, 아직 잘 모르겠어."

건우는 대답을 얼버무렸어요. 그리고 신호등이 초록불로 바뀌자마자 빠른 걸음으로 횡단보도를 건넜어요.

집에 도착한 건우는 마당을 흘끗 돌아봤어요. 팔찌 도둑이 제 발로 돌아와 팔찌를 놓고 가지 않았을까 생각하면서요. 평소와 다름없는 마당을 보며 건우는 괜히 콧바람을 씩씩 내뿜었어요.

"건우야, 배 안 고파? 간식 만들어 줄까?"

"안 먹을래요."

건우는 할머니 말에 건성으로 대답하고 방으로 들어갔어요. 침대에 철퍼덕 엎드리자 머리맡에 놓인 액자에 저절로 눈길이 닿았어요. 액자에는 마라톤 대회에서 할아버지랑 건우가 함께 찍은 사진이 들어 있어요. 할아버지는 대회 기념 메달을 목에 걸고 환하게 웃고 있었어요. 건우는 할아버지 옆에서 장난스러운 표정으로 브이를 하고 있고요.

"할아버지는 나 안 보고 싶어? 난 엄청 보고 싶은데……."

사진 속 할아버지는 마치 건우의 말을 알아듣기라도 한 것처럼 더 환하게 웃었어요.

"내일모레 체육 대회 하거든. 엄마랑 손잡고 달리기 나가는데 할아버지도 꼭 보세요. 알았지?"

건우는 한참 동안 사진을 들여다봤어요. 그 모습을 누군가 창문 틈으로 몰래 지켜보고 있었어요.

진짜 할배냥?

체육 대회 날 아침. 건우가 이불 속에서 꼼지락거리는데, 밖에서 엄마 목소리가 들렸어요.

"건우야, 빨리 일어나. 엄마 오늘 재료 들어오는 날이라서 일찍 나가야 해."

"으드드드."

건우는 이불 속에서 힘껏 기지개를 켰어요. 손등으로 아무리 눈을 비벼도 남아 있는 졸음이 말끔히 떨어지지 않았어요. 건우는 한쪽 눈만 겨우 뜨고 거실로 나갔어요.

"할머니는 새벽에 운동하러 가셨어. 유부 초밥 만들어 놨으니까 먹고 가. 알았지?"

엄마가 거실, 안방, 주방을 오가며 휴대 전화, 자동차 열쇠, 지갑을 차례차례 가방에 챙겼어요.

"이따가 학교에서 보자. 우리 아들, 화이링!"

엄마가 우스꽝스러운 발음으로 파이팅을 외치고, 건우 볼을 꼬집었어요.

"아아, 아파아."

"빨리 씻고 학교 갈 준비해. 엄마 간다."

엄마가 나가고 나니 집 안이 조용해졌어요. 건우는 눈을 감고 생각했어요. 식탁에 앉아서 밥을 먹을지, 화장실에 가서 세수를 할지, 아니면 방에 들어가서 더 잘지 고민이 됐지요. 벽에 걸린 시계를 보니 조금 더 자도 될 것 같았어요.

"하아암."

건우가 하품하며 돌아서는데 갑자기 이런 소리가 들렸어요.

"건우야아앙."

건우가 깜짝 놀라서 뒤를 돌아봤어요. 마당이 한눈에 바라다보이는 커다란 창문을 통해 햇살이 쏟아져 들어왔어요. 눈을 제대로 뜰 수 없을 만큼 환한 햇살이었어요.

"뭐지? 내가 잘못 들었나?"

"건우야아앙. 나다, 할배냥."

건우가 양손으로 마른세수를 했어요. 아무래도 잠이 덜 깨서 그런가 싶어서 손바닥으로 얼굴을 마구 문질렀어요. 눈을 몇 번 끔벅이고 나서 보니 거실 한가운데에 고양이가 제 집인 양 누워 있었어요. 얼마 전, 토끼풀 팔찌를 목에 걸고 달아난 바로 그 녀석이었어요.

“너 뭐야? 여기에 어떻게 들어왔어?”

조금 전 건우를 불렀던 그 목소리가 말했어요.

“너라닝. 건우 너, 못 본 사이에 버르장머리가 나빠졌구나앙.”

건우가 눈을 번쩍 떴어요. 눈꺼풀에 매달렸던 졸음이 싹 달아났어요.

“누, 누구야? 방금 누, 누가 말한 거야?”

자기도 모르게 말을 더듬었어요. 건우가 거실을 이리저리 둘러보는데 목소리가 또 들렸어요.

“얼른 가서 세수부터 하고 와라아앙.”

건우는 화장실로 후다닥 달려갔어요. 찬물로 어푸어푸 세수를 하며 생각했어요.

‘무슨 꿈이 이렇게 생생하지? 고양이도 보이고 할아버지 목소리도 들리고. 진짜 이상한 꿈이야.’

수건으로 얼굴을 닦고 돌아서자, 고양이가 화장실 앞을 딱 지키고 앉아 있었어요.

"으악, 깜짝이야. 너 뭐야! 꿈이 아닌 거야?"

"너 자꾸 반말할 거냥?"

건우가 이번엔 주방으로 가서 찬물을 벌컥벌컥 마셨어요. 고양이가 도도도 따라오더니 건우를 가만히 올려다봤어요.

"건우야옹, 할아버지도 물 좀 마시자앙."

"하, 할아버지라고?"

건우는 똑똑히 봤어요. 건우를 바라보는 고양이의 동그란 눈과 말할 때마다 움직이는 입을요. 고양이가 말을 하고 있어요. 게다가 할아버지 말투와 할아버지 목소리로요! 건우는 작은 그릇에 물을 따라서 고양이 앞에 놓았어요. 고양이가 찹찹찹 물을 마시고, 고개를 쳐들었어요.

"그릇이 너무 작다앙. 내가 고양이도 아니고옹. 물 좀 더 다옹."

건우가 국그릇 가득 물을 따라 주었어요. 고양이는 물 한 그릇을 꿀꺽꿀꺽 다 마셨어요.

"냉수 한 잔에 속이 뻥 뚫리는구나옹. 우리 손자가 주니까 물도 맛있넹."

고양이는 속이 뻥 뚫렸을지 몰라도 건우는 반대였어요. 미숫가루를 입에 털어 넣은 것처럼 답답했어요.

건우는 물을 한 잔 더 마시고, 눈앞에 있는 고양이한테 조심스레 말을 걸었어요.

"그런데 왜 자꾸 할아버지라고 해……요? 진짜 우리 할아버지 맞아……요?"

건우는 저도 모르게 높임말을 했어요.

"이 녀석아, 너한테 할아버지가 열 명쯤 있는 거

냥? 친할아버지는 너희 아빠 어렸을 때 돌아가셨고, 너 태어났을 때 할아버지는 나밖에 없었당. 그런데 어디서 진짜 가짜를 따지냥?"

그 말을 듣는 순간, 갑자기 건우 눈에 눈물이 그렁그렁 차올랐어요.

"지, 진짜 우리 할아버지라고요? 그럼 내 생일 알아요?"

"당연히 알지잉. 5월 7일. 어버이날 하루 전날, 우리 건우가 선물처럼 태어났징."

건우가 벌게진 눈으로 물었어요.

"그, 그럼 우리 엄마 생일도 알아요?"

"이 녀석아, 내가 내 딸 생일을 모를까 봐앙? 12월 15일이당. 이래도 못 믿냥?"

건우가 참았던 울음을 터뜨리며 고양이를 덥석 끌어안았어요.

“할아버지! 할아버지 진짜 보고 싶었어. 엉엉.”

고양이, 아니 할아버지가 캑캑 기침을 했어요.

“할아버지도 건우 보고 싶었당. 오죽하면 고양이 몸까지 빌려서 찾아왔겠냥.”

건우가 눈물을 쓱 훔치고 할아버지를 바라보았어요.

"근데 할아버지 말투가 왜 그래?"

"고양이 몸을 빌렸더니 그런가 보당. 불편해도 어쩌겠냥. 잠깐이니까 그냥 참아라앙."

건우가 얼른 물었어요.

"잠깐이면 얼마나 있을 건데요? 내일? 모레?"

할아버지 대답을 기다리는데, 방에서 휴대 전화가 울렸어요. 건우가 후다닥 방으로 달려갔어요.

"엄마다!"

할아버지가 건우 앞을 막아서더니 앞발을 위아래로 흔들며 말했어요.

"건우야옹, 할아버지 얘기는 절대 하지 마라앙."

"왜요?"

"말해도 안 믿을 거양. 할아버지 말 들어엉."

건우가 고개를 끄덕이고 전화를 받았어요.

"강건우! 너 지금 뭐 해? 세수했어? 양치는? 유

부 초밥 먹었어? 옷은 입었니? 학교 안 갈 거야? 도대체 지금이 몇 시야?"

엄마는 건우가 대답할 틈도 주지 않고 질문을 퍼부었어요. 할아버지가 고개를 절레절레 저었어요.

"갈 거야. 세수하고 양치하고 유부 초밥 먹고 옷 입고 학교 갈 거라고. 끊어, 엄마."

건우도 엄마랑 똑같은 빠르기로 대답하고 전화를 끊었어요. 할아버지가 긴 꼬리를 살랑 흔들고 식탁 의자에 올라갔어요.

"유부 초밥이구낭. 이제 와서 하는 말이지만, 요리 솜씨는

할머니보다 너희 엄마가 좋지잉. 하나 먹어 볼까나앙?"

할아버지가 유부 초밥 하나를 덥석 물었어요. 입이 작아서 흘리는 게 더 많았어요.

"할아버지 진짜 고양이 같다. 근데 어떻게 고양이가 된 거야?"

건우가 유부 초밥을 오물오물 씹으며 물었어요.

"참 빨리도 물어보는구나앙. 이것 덕분에 왔징."

할아버지가 앞발로 목을 가리켰어요. 목덜미에 건우가 달아 준 토끼풀 팔찌가 걸려 있었어요.

"그거 엄마가……."

"그랭. 할아버지 만나러 왔을 때, 거기 있는 토끼풀로 만든 거잖아앙. 나도 다 봤다앙."

할아버지가 유부 초밥을 마저 삼키고 말을 이었어요.

"건우가 할아버지 보고 싶다고 한 말도 들었지잉.
그래서 건우를 꼭 만나러 와야겠다고 생각했단당.
팔찌 덕분에 이 녀석의 몸을 잠깐 빌릴 수 있어서

다행이야."

할아버지는 유부 초밥 한 개를 겨우 다 먹고 물을 마셨어요. 그때 다시 휴대 전화가 울렸어요. 엄마였어요. 시계를 보니 9시 5분 전이었어요.

"엄마."

"강건우! 너 지금 어디야? 아직도 학교를 안 가면 어떡해! 거기 꼼짝 말고, 아니, 빨리 학교로 뛰어가! 얼른!"

"아, 알았어. 갈게. 간다고. 엄마, 이따 학교에서 만나요."

건우는 전화를 끊고 후다닥 옷을 갈아입었어요. 허둥지둥 집을 나서려다가 갑자기 생각난 듯, 뒤를 돌아봤어요.

"아, 참. 할아버지는 어떡하지?"

할아버지가 현관으로 나오며 말했어요.

“어떡하기능. 어렵게 널 만나러 온 나를 집에 혼자 두고 가려고 그러냥? 나도 같이 가장.”

“근데 선생님이 학교에 반려동물 데리고 오면 안 된다고 했거든.”

할아버지가 대뜸 소리쳤어요.

“반려동물이라닝? 난 네 할아버지다앙!”

건우와 할아버지는 나란히 학교로 향했어요.

한마음 체육 대회

할아버지와 함께 가는 등굣길은 정말 신났어요. 방방이 위를 걷는 것처럼 몸이 붕붕 떴어요. 할아버지도 건우 옆에서 위풍당당 걸었어요.

"할아버지, 저기 문방구 보여? 저 문방구 우리 반 지민이네 부모님이 하는 문방구야. 지민이는 우리 반에서 나랑 제일 친해."

할아버지는 대답이 없었어요.

"할아버지, 나 파란 띠 딴 거 모르지? 저기 편의

점 2층에 있는 태권도장이 내가 다니는…….”

“안 보인당.”

“어?”

“할아버지 눈에는 사람들 다리밖에 안 보인다공! 할아버지 좀 안아 봐라앙.”

“잠깐만요. 어? 으으.”

할아버지를 안고 일어나던 건우가 깜짝 놀라서 할아버지를 놓치고 말았어요. 할아버지를 안았을 때 느낌이 마치 물이 가득 들어 있는 고무풍선을 든 것 같았어요. 할아버지는 건우가 중심을 잡기도 전에 주르륵 흘러 버렸어요.

"안 되겠구낭. 그냥 걸어갈 테니 어서 앞장서라옹."

할아버지가 건우를 재촉했어요.

지민이가 문방구에서 나오다가 건우를 보고 알은체했어요.

"강건우! 어? 고양이네. 어디서 났어?"

"우리 할, 아니 우리 집에 온 길고양이야."

"만져 봐도 돼?"

건우가 대답하기도 전에 지민이 손은 이미 할아버지 머리에 가 있었어요. 건우는 할아버지가 버럭 화를 내면 어쩌나 조마조마했어요.

"이놈! 감히 어른 머리를 만지냐옹!"

이렇게 호통이라도 치면 큰일이잖아요. 지민이는 아무것도 모른 채 할아버지의 등을 자꾸자꾸 쓰다듬었어요. 할아버지는 얌전한 고양이처럼 가만히 참고 있었어요.

“우아, 부드럽다. 근데 자세히 보니까 늙은 고양이네. 할아버지 고양이인가?”

“어? 아, 아니. 할아버지 아니야.”

건우가 당황해서 버벅댔어요. 지민이 손이 이제는 할아버지의 꼬리를 만지고 있었어요.

“아무튼 새끼 고양이는 아닌 것 같아. 야옹아, 야옹 해 봐.”

지민이가 할아버지 얼굴에 자기 얼굴을 바짝 갖다 대고 고양이 소리를 냈어요. 건우 눈에 할아버지가 꾹 참고 있는 게 보였어요. 그 모습이 귀엽기도 하고 웃기기도 했어요.

이번에는 하준이가 둘한테 다가왔어요.

“강건우! 어? 나 이 고양이 본 적 있는데. 너희 집 고양이였어?”

태권도
세종 문구점

"후유."

건우가 한숨을 내쉬었어요.

고양이 몸으로 나타난 할아버지와 학교에 가는 건 생각보다 어려웠어요. 건우 대신 지민이가 대답했어요.

"얘네 집에 오는 길고양이래."

"선생님이 반려동물 데려오면 안 된다고 하셨잖아. 길고양이는 되는 거야?"

하준이가 못마땅한 말투로 말했어요. 체육 대회에 쌈장을 데려오지 못해서 불만인 것 같았어요.

"길고양이가 반려동물은 아니잖아. 그럼 괜찮은 거 아냐?"

지민이가 말했어요. 그러자 하준이가 따졌어요.

"건우네 집에 오는 고양이라며. 그럼 건우가 키우는 거나 마찬가지지."

둘은 길고양이가 반려동물인지 아닌지 심각하게 토론을 이어 가며 학교로 향했어요.

교문을 바라보며 걷던 건우가 멈칫했어요. 입구에 교장 선생님이 서 있었어요. 아무래도 할아버지와 함께 교문을 통과하기는 어려울 것 같았어요. 건우는 편의점 옆 골목으로 들어갔어요. 할아버지도 건우를 따라 걸음을 옮겼어요.

"할아버지, 교장 선생님이 지키고 있어서 학교에는 못 들어갈 것 같아. 어떡하지?"

"그건 내가 알아서 할 테니까 너는 얼른 들어가라앙."

"할아버지는?"

할아버지가 꼬리를 좌우로 흔들었어요.

"길고양이가 자기 마음대로 돌아다닌다는데 누가 막겠냐옹."

건우는 할아버지한테 손을 흔들어 인사하고 학교로 뛰어갔어요.

체육 대회가 열리는 학교는 마치 놀이동산 같았어요. 조회대 앞에는 풍선 인형이 바람을 빵빵하게 채우고 아이들을 맞이했어요. 학생들이 앉는 계단에는 그늘막이 드리워져 있었고요. 몇몇 아이들은 그늘막 아래에 옹기종기 모여 있었어요.

건우가 학급 자리를 찾아 두리번거렸어요. 짝꿍 서연이가 건우를 보고 손짓했어요.

"강건우, 너 지각이야."

"나도 알아."

자리를 알려 준 건 고맙지만, 지각이라고 콕 짚어 말하는 건 좀 얄미웠어요.

건우는 자리에 앉아서 맞은편을 바라봤어요. 철봉, 구름다리, 미끄럼틀이 그늘막에 가려서 하나도 보이지 않았어요. 그늘막 아래에는 일찌감치 자리를 잡으러 온 동네 어른들이 모여 있었어요. 가족들은 여기 있다고 알려 주듯 아이들이 앉은 쪽을 향해 손을 흔들었어요.

'할아버지는 잘 들어왔을까?'

건우가 교문 쪽으로 눈을 돌리자 할머니가 허둥지둥 학교 안으로 들어서는 모습이 보였어요. 그리고 바로 옆에서 할아버지가 할머니를 바라보고 있었어요. 건우가 마음속으로 소리쳤어요.

'할머니! 그 고양이가 우리 할아버지야. 자세히 좀 보라고.'

할머니는 고양이를 본체만체하고 보호자들이 앉아 있는 그늘막으로 서둘러 걸음을 옮겼어요. 할아버지는 할 말이 있는 것처럼 할머니 뒤를 졸졸 따라갔어요. 건우는 할아버지한테서 눈을 뗄 수

없었어요. 작년 그날처럼, 할아버지가 갑자기 사라질까 봐 마음이 조마조마했어요. 건우의 마음 따위는 관심 없다는 듯 운동장 하늘에 만국기가 펄럭였어요.

"아, 아. 잠시 뒤 체육 대회를 시작하겠습니다. 학생들은 운동장으로 내려와 주시기 바랍니다."

계단에 앉아 있던 아이들이 우르르 운동장으로 내려섰어요.

체육 대회 시작을 알리는 교장 선생님 말씀과 선서가 이어지고, 흥겨운 음악에 맞춰 준비 체조를 했어요. 체조가 끝난 뒤, 곧바로 학년별 경기가 열렸어요. 운동장 가장자리 트랙에서는 달리기가 한창이었지요. 유치원 동생들부터 6학년까지 학년별로 100미터 달리기 시합을 하고 나서, 드디어 손잡고 달리기 순서가 되었어요.

"손잡고 달리기는 학생과 보호자가 함께 손을 잡고 달리는 경기입니다. 경기에 참가하실 보호자께서는 본부석 앞으로 모여 주시기 바랍니다."

건우가 까치발을 하고 주위를 둘러봤어요. 할머니가 다른 보호자들과 함께 운동장을 가로질러 건우한테 다가왔어요.

"엄마는요?"

"가게 정리해 놓고 나오는데 갑자기 전기가 나갔대. 금방 온다고 했는데 달리기 순서가 이렇게 빨리 올 줄 몰랐네. 엄마 대신 할머니랑 하자."

할머니가 바짓단을 걷어 올렸어요. 그 모습을 보고 친구들이 한마디씩 했어요.

"강건우는 할머니랑 뛰나 봐. 그럼 꼴찌 아냐?"

"아니야. 할머니 중에도 엄청 빠른 할머니 있어."

"맞아. 길고 짧은 것은 대 보아야 안다는 속담

몰라?"

건우 얼굴이 갑자기 어두워졌어요. 달리고 싶은 마음이 싹 사라졌어요. 어차피 하고 싶은 사람만 하는 경기라서 빠져도 문제는 아니었어요. 그런데 왠지 마음이 무거웠어요. 작년에 할아버지가 했던 말이 떠올랐어요. 넘어져도 끝까지 달리는 게 중요하다는 말이요. 시작도 하기 전에 포기하면 할아버지가 엄청 실망할 것 같았어요.

"그럼 첫 번째 줄부터 출발하겠습니다. 준비! 출발!"

출발 신호와 함께 두 팀씩 달리기를 시작했어요. 운동장에 함성이 터졌어요. 마음 급한 어른들이 아이들과 발을 맞추지 않고 성큼성큼 달려 나가는 모습에 사람들이 웃음을 터뜨렸어요. 어떤 아이는 중간에 보호자 손을 놓고 혼자 뛰기도 했어요.

건우와 할머니는 다섯 번째 조에 서 있었어요. 옆에는 하준이가 엄마 손을 잡고 서 있었고요.

"하준이 엄마, 살살 해. 알았지?"

할머니가 하준이 엄마한테 웃으며 말했어요.

"저도 그러고 싶은데 우리 하준이가 워낙 욕심이 많아서요. 호호."

하준이 엄마가 미안한 듯 입을 가리고 웃었어요.

그때였어요. 세 번째 조가 출발선을 떠난 뒤, 지민이가 갑자기 소리쳤어요.

"고양이다!"

"어디, 어디?"

"저기 봐, 저기."

건우는 아이들이 가리키는 쪽을 바라봤어요. 정말로 고양이가, 아니 할아버지가 출발선으로 다가오고 있었어요. 선생님과 아이들의 눈길이 모두 할아버지를 향했어요.

"아까 건우랑 같이 있던 고양이야."

"뭐? 강건우. 너 학교에 고양이 데리고 왔니?"

담임 선생님이 난감한 얼굴로 고양이를 붙잡으려고 했어요. 순간 건우가 소리쳤어요.

"안 돼요! 우리 할아버지 만지지 마세요!"

고양이를 보고 있던 눈들이 한순간에 건우를 향했어요.

"그게 무슨 소리니, 건우야? 할아버지라니. 저 고양이 네가 아는 고양이야?"

할머니가 건우를 붙잡고 물었어요. 건우는 할머니 손을 뿌리치고 재빨리 고양이를 안았어요. 아까

처음 안았을 때와 달리 이번엔 제대로 할아버지를 안을 수 있었어요. 할아버지가 건우 얼굴을 올려다 보며 작은 목소리로 말했어요.

"잠깐 저쪽으로 가장."

"응."

건우는 할아버지를 가슴에 꼭 안고 조회대 뒤쪽으로 달렸어요. 할머니는 때마침 걸려 온 엄마 전화를 받느라 건우가 고양이를 안고 사라지는 것을 보지 못했어요.

할아버지 손잡고

건우는 할아버지를 병설 유치원 놀이터로 데리고 갔어요. 둘은 미끄럼틀에 나란히 앉았어요.

"할아버지, 괜찮아?"

"괜찮다옹."

할아버지가 고개를 들어 건우를 올려다봤어요. 입을 움찔움찔하더니 후우 한숨을 내쉬었어요.

"건우야옹, 할아버지는 너랑 한 약속을 지키고 싶었다옹."

"약속?"

"작년에 너랑 한 약속을 지키지 못해서 무척 속상했거등. 그래서 온 거란당."

건우가 할아버지 눈을 바라봤어요. 동그란 눈에 건우가 비쳤어요.

"나도 엄청 속상했어. 그런데 더 속상한 건……."

건우가 말을 하려다 멈췄어요.

"더 속상한 건 할아버지를 못 보게 된 거야."

할아버지가 건우 무릎에 앞발을 올렸어요.

"그렇게 말도 없이 갑자기 떠나 버려서 정말 미안하구낭."

건우는 할아버지가 돌아가신 뒤 처음으로 생각했어요. 할머니보다 엄마보다, 그리고 건우 자신보다 할아버지가 가장 많이 힘들었을 거라고요.

"아니야. 이렇게 와 줬으니까 됐어. 아까 할머니

봤지? 이따 엄마도 보고, 집에 가서 밥도 먹고…….”

“건우야옹.”

할아버지가 건우의 말을 막았어요.

“할아버지는 다시 돌아가야 한당. 건우도 그건 알고 있징?”

건우는 힘겹게 고개를 끄덕였어요. 할아버지가 가만히 하늘을 올려다봤어요.

"너는 잘 모르겠지만 저 위에 있는 사람들도 꽤 바쁘단당."

"왜요? 왜 바쁜데요?"

"남아 있는 사람들, 두고 온 가족을 지켜야 하기 때문이지잉."

건우가 고개를 쳐들고 할아버지가 보고 있는 어딘가를 바라봤어요. 파란 하늘에 하얀 구름이 뭉게뭉게 떠 있었어요. 구름이 슬픈 것도 아닌데 눈물이 건우의 볼을 따라 흘러내렸어요. 할아버지가 건우 다리에 올린 앞발에 힘을 주었어요. 건우는 손으로 할아버지의 앞발을 꼭 잡았어요.

"할아버지는 늘 건우를 지켜보고 있당. 그러니까 너무 슬퍼하지 말고, 즐겁게 잘 지내랑."

건우가 힘차게 고개를 끄덕였어요.

"예상했던 대로 손잡고 달리기 열기가 뜨겁네요.

다음 학생과 보호자, 준비해 주세요."

방송을 들은 건우가 할아버지를 안고 조회대로 뛰어갔어요. 할머니는 늦게 온 엄마한테 바통을 넘겨 주려고 가족들 자리로 가고 없었어요.

건우와 할아버지를 본 선생님이 물었어요.

"설마 고양이랑 같이 뛰려는 건 아니지?"

"맞아요. 선생님, 저 꼴찌 해도 되니까 같이 뛰게 해 주시면 안 돼요? 딱 한 번만요. 네?"

"흠, 반려동물은……."

그때 지민이가 건우 옆으로 와서 말했어요.

"이 고양이는 반려동물이 아니라 길고양이예요."

하준이도 나서서 거들었어요.

"맞아요. 길고양이는 주인이 없으니까 반려동물이 아니에요."

선생님이 시계를 보았어요.

"그 녀석들 참. 그럼 바닥에 내려놓지 말고, 건우 네가 꼭 안고 뛰어야 한다. 알았지?"

"네!"

건우가 할아버지를 안은 손에 힘을 주었어요. 다섯 번째 조는 건우와 하준이, 여섯 번째 조는 지민이, 서연이가 기다리고 있었어요.

"준비! 출발!"

건우는 운동장 바닥을 힘껏 차고 나갔어요. 얼마쯤 가다 보니 다리가 저절로 움직이는 것처럼 가벼웠어요. 발이 땅에 닿는 것 같지 않았고요. 사람들이 건우를 가리키며 말했어요.

"우아! 저 애 좀 봐. 엄청 빠르다."

"근데 혼자 달리는 거야?"

"아니야. 고양이를 안고 있어."

운동장은 응원과 함성으로 점점 달아올랐어요. 어느덧 결승선이 눈앞에 가까워지고 있었어요. 그런데 응원석의 함성이 웅성거림으로 바뀌는가 싶더

창의성을 지닌 인재 육성

니, 강아지 한 마리가 운동장으로 뛰어들었어요. 하준이를 보고 반가워서 뛰어든 것 같았어요.

"으악. 쌈장! 거기 서! 안 돼! 기다려!"

하준이 아빠가 쌈장을 붙잡으러 달려왔어요. 쌈장 때문에 놀란 건우는 중심을 잃고 넘어졌어요. 그 바람에 안고 있던 할아버지를 놓치고 말았어요. 바로 그때, 쌈장이 할아버지를 쫓기 시작했어요.

"왈! 왈왈!"

"저 개가 나한테 왜 저러냥. 저리 가랑!"

할아버지가 소리쳤어요.

건우는 할아버지를 향해 뛰었어요. 하준이는 쌈장을 잡으려고 달렸고요. 사람들은 눈앞에 펼쳐진 강아지와 고양이의 달리기를 재미있다는 듯이 지켜봤어요.

"강아지 엄청 빠르네."

"고양이도 만만치 않아."

쌈장한테 쫓기던 할아버지는 운동장 트랙을 벗어나 화단으로 뛰어들었어요. 쌈장은 갑자기 할아버지가 보이지 않자 당황하는 듯했어요. 다행히 하준이가 쌈장을 붙잡았어요.

"어허! 쌈장, 그만해."

"으릉. 으르릉."

쌈장이 분하다는 듯이 이빨을 보이며 으르렁거렸어요.

"할아버지! 할아버지 어디 있어? 응? 어디 있냐고!"

건우가 화단을 손으로 헤집으며 소리쳤어요. 하지만 어디에도 할아버지는 보이지 않았어요. 하준이가 건우한테 말했어요.

"건우야, 미안해. 난 쌈장이 학교에 온 줄도 몰랐

어. 고양이 못 찾으면 어떡해?"

건우는 고개를 푹 숙인 채 아무 말도 하지 않았어요. 하준이가 물었어요.

"근데 너 왜 아까부터 고양이를 할아버지라고 불러? 고양이 이름이 할아버지야?"

건우가 울먹울먹한 목소리로 말했어요.

"흑흑. 고양이가 아니라 우리 할아버지야. 할아버지가 나를 만나러 온 거야."

하준이는 쌈장을 품에 안은 채 건우를 바라보았어요.

토끼풀의 선물

체육 대회를 마치고 집에 가는 길이었어요. 엄마가 건우 손을 꼭 잡았어요.

"미안해. 빨리 오려고 했는데……. 화 많이 났어?"

건우가 말없이 고개를 저었어요. 지금 그런 건 별로 중요하지 않았어요. 마음속에 할아버지에 대한 원망이 가득 차올랐어요.

'너무해. 그냥 그렇게 사라져 버리다니. 칫.'

"근데 사람들이 고양이 얘기를 하더라. 너 학교에 고양이 데리고 갔니?"

건우는 이번에도 입을 꾹 다물었어요. 학교에 간 건 고양이가 아니라 할아버지였다고 말하고 싶었어요. 하지만 말해도 엄마는 믿지 않을 것 같았어요.

뒤에서 하준이가 건우를 불렀어요. 하준이 옆에

는 쌈장이 산책 줄을 한 채 얌전히 걷고 있었어요. 아까 할아버지를 뒤쫓던 사나운 모습은 조금도 찾을 수 없었어요.

건우가 하준이한테 말했어요.

"쌈장 오늘 정말 멋있었어."

쌈장이 새까만 눈으로 건우를 빤히 올려다봤어

요. 칭찬인 걸 아는지 건우를 보며 꼬리를 마구 흔들었어요.

"너희 고양, 아니 할아버지도 정말 멋졌어."

건우는 하준이가 자기 말을 믿어 주는 것 같아서 고마웠어요.

저녁 무렵, 건우는 그네 의자에 앉았어요. 할아버지와 함께한 오늘이 아주 긴 꿈처럼 느껴졌어요. 고개를 들어서 하늘을 보니 보름달이 환했어요. 보름달을 에워싼 달무리가 오늘따라 좀 슬프게 느껴졌어요. 저 위에 있는 사람들도 바쁘다고 했던 할아버지 말이 생각났어요.

"건우야. 들어와서 저녁 먹어."

"네."

건우가 집으로 들어가려고 할 때였어요.

"건우야옹."

"어?"

덤불 사이에서 고양이가 빼꼼 얼굴을 내밀었어요.

"할아버지?"

고양이가 말없이 건우를 쳐다봤어요. 건우의 눈에 눈물이 맺혔어요. 고양이 목에 토끼풀 팔찌가 아슬아슬하게 매달려 있었어요. 금방이라도 끊어질 것 같았지요.

"후유, 난 할아버지가 말도 없이 가 버린 줄 알고 놀랐잖아."

"건우한테 아무 말도 안 하고 가면 안 되지잉. 한 번도 아니고 두 번씩이나 그러는 건 정말 안 되지잉. 그런데 이제 정말 가야 한단당."

건우는 할아버지를 보내고 싶지 않았어요. 할아버지가 말했어요.

"건우 너, 토끼풀의 꽃말이 뭔지 아닝?"

"알아요. 세 잎은 행복, 네 잎은 행운."

할아버지가 가느다란 눈으로 건우의 눈을 바라봤어요.

"그랭. 그리고 약속이라는 의미도 있단당. 건우가 할아버지 자리에 놨던 토끼풀 덕분에 할아버지가 건우와 한 약속을 지킬 수 있었단당."

건우가 웃는 얼굴로 고개를 끄덕였어요.

“이제 잘 지내라옹. 할아버지가 저 위에서 언제나 지켜볼 거당.”

할아버지가 천천히 눈을 끔벅였어요. 그 순간, 할아버지 목에 아슬아슬하게 걸려 있던 토끼풀 팔찌가 툭 끊어졌어요. 고양이는 “야옹.” 하더니 마치 할 일이 있는 듯 대문 밖으로 사라졌어요. 건우는 바닥에 떨어진 시든 팔찌를 가만히 내려다보았어요.

“건우 안 들어오니? 할머니가 너 좋아하는 불고기 하셨어.”

“네, 가요!”

건우는 서둘러 집으로 들어갔어요. 바람이 마당에 홀로 남은 그네 의자를 흔들었어요. 어찌된 일인지 삐거덕삐거덕 소리는 나지 않았어요.

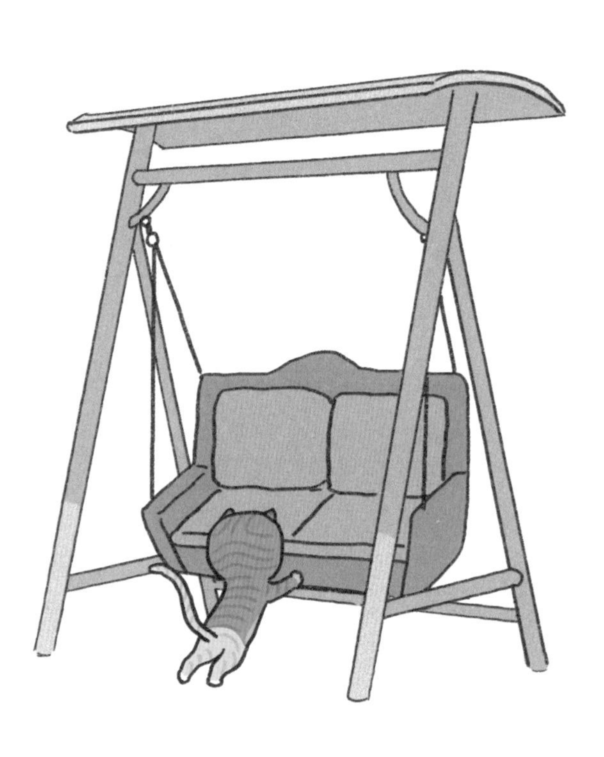

에필로그

할배냥의 선물

그때 그 길고양이 있잖아. 요즘도 와?

응. 오는 것 같아. 내가 밤에 사료 갖다 놓는데,
아침에 보면 없어.

고양이가 먹는 거 직접 봤어?

아니. 그건 한 번도 못 봤어.

그럼 다른 동물이 먹는 걸지도 몰라. 비둘기나
참새나 아니면 쥐.

쥐, 쥐라고? 으으!

쥐도 먹고 살아야지. 근데 할아버지가 너
만나려고 고양이 몸으로 오신 거 진짜 신기해.

나도 처음에는 그랬는데 바로 믿어지더라.
할아버지 돌아가시고 나서 맨날 생각했거든.
딱 한 번만 할아버지를 다시 만나고 싶다고.
어떤 모습이어도 상관없다고.

고양이가 아니라 쥐였어도?

야! 너 왜 자꾸 쥐 얘기해?

아니, 뭐. 그냥 그렇다고. 근데 어른들이 어떤 일을 간절하게 바라면 이루어진다고 하잖아. 난 그 말이 다 뻥이라고 생각했거든. 내가 아무리 바라도 서연이는 나한테 눈길도 한 번……. 읍!

뭐? 너 서연이 좋아해? 진짜? 와! 대박 사건!

아, 아니, 아니야. 절대 아니야!

걱정 마. 비밀로 해 줄게. 그리고 내가 우리 할아버지한테 부탁할게. 네가 바라는 일이 꼭 이루어지게 해 달라고. 할아버지가 그랬거든. 저 위에 있는 사람들은 남아 있는 사람, 두고 온 가족을 지키느라 바쁘다고. 내가 말하면 꼭 들어주실 거야.

후유, 그래. 엄청나게 고맙다.

나도 고마워. 그때 그 고양이가 우리 할배냥인 거 믿어 줘서. 어? 학원 늦었다. 가자.

같이 가. 강건우!

내가 할배냐

1판 1쇄 인쇄 | 2025. 2. 10.
1판 1쇄 발행 | 2025. 2. 17.

홍민정 글 | 하민석 그림

발행처 김영사 | **발행인** 박강휘
편집 김인애 | **디자인** 고윤이 | **마케팅** 곽희은 김나현 | **홍보** 조은우 육소연
등록번호 제 406-2003-036호 | **등록일자** 1979. 5. 17.
주소 경기도 파주시 문발로 197(우10881)
전화 마케팅부 031-955-3100 | 편집부 031-955-3113~20 | 팩스 031-955-3111

값은 표지에 있습니다.
ISBN 979-11-7332-100-9 73810

좋은 독자가 좋은 책을 만듭니다. 김영사는 독자 여러분의 의견에 항상 귀 기울이고 있습니다.
전자우편 book@gimmyoung.com | 홈페이지 junior.gimmyoung.com

| 어린이제품 안전특별법에 의한 표시사항 | **제품명** 도서 **제조년월일** 2025년 2월 17일
제조사명 김영사 **주소** 10881 경기도 파주시 문발로 197 **전화번호** 031-955-3100 **제조국명** 대한민국
사용 연령 8세 이상 **⚠주의** 책 모서리에 찍히거나 책장에 베이지 않게 조심하세요.